마음속을 뛰노는
종이비행기

박진표 제3시집

시음사
시사랑음악사랑

착한 시 따뜻한 시를 쓰고 싶은 박진표 시인

잘 쓰는 시가 아닌 따뜻하고 착한 시를 쓰고 싶은 시인!
큰 사람 좋은 사람보다 따뜻한 사람이 되고 싶은 시인! 그 사람이 바로 박진표 시인이다. 3집 본문 중에서 '착한 시 따뜻한 시'를 읽어보면 시인의 순수하고 예쁜 마음이 잘 드러나 있다. 착한 시인 되어 따뜻하고 아이 같은 그런 시어 속에서 깨끗하게 목욕했으면 참 좋겠다는 시심 속에 시인이 추구하는 시의 세계가 잘 담겨 있다.

박진표 시인은 일방통행보다는 쌍방향으로 소통하기를 원한다. 그래서 소소한 것이지만, 항상 무엇인가 준비되어 있다. 먼저 나눔을 통해 마음과 정을 전하고 또 진실함으로 사람을 대하며 쉽게 변하지 않는 마음이 그의 단단함이라 볼 수 있고 시 속에 그대로 나타나 있다. 그의 시를 음식의 맛으로 비유하자면 갖은양념으로 버무리지는 않았지만, 담백하면서도 건강함을 선물로 주는 음식과도 같다. 화려하지는 않지만, 정성과 따뜻한 마음이 가득 담겨 있어 기분 좋게 만들고 마음이 정화되는 것 같다.

박진표 시인은 사진 찍는 것을 즐겨한다. 물론 눈으로 보는 것을 찍기도 하지만, 보이지 않는 부분까지 렌즈 속에 담고 싶어 한다. 깊은 마음속에 있는 아픔, 슬픔, 괴로움 모두 꺼내 걸러내서 예쁘고 밝은 마음을 담으려 한다. 부정적인 면보다 긍정적 모습을 담으려 하고 힘이 들지만, 이겨내려는 용기와 희망을 찍고 싶어 한다. 그래서 그의 시속에는 꿈과 희망이 담겨 있고 용기를 실어주는 시가 많다. 훨훨 날고 싶어하는 마음을 때로는 종이비행기로 표현하여 넓고 넓은 하늘이 좁게 느껴질 만큼 더 큰마음으로 날게 하고, 때로는 꽃씨가 되어 바람을 타고 날아오르고 하늘의 구름이 되어 두둥실 떠다니기도 하면서 또 새가 되어 마음껏 훨훨 날아가기도 한다. 시인은 그만큼 시를 통하여 긍정적인 에너지를 전달하고 싶은 것이다.

힘들고 어려운 시기에 박진표 시인의 시집을 통하여 누군가 한 사람이라도 그 마음에 용기를 가지고 힘을 낼 수 있기를 바라는 마음으로 제3 시집 "마음속을 뛰노는 종이비행기"를 출간하게 되었다. 3 시집 출간하게 됨을 진심으로 축하하면서 또한 열정이 있고 마음 따뜻한 시집을 추천할 수 있어 정말 기쁘게 생각한다. 시집이 많은 독자의 사랑 받기를 원하면서 박진표 시인의 행복 바이러스가 "마음속을 뛰노는 종이비행기" 시집을 손에 든 독자에게 모두 전달되길 바란다. 오늘도 박진표 시인은 꿈과 희망의 사진을 담기 위해 카메라와 펜을 들고 또 종이비행기를 접어 독자의 마음에 날린다.

(사)창작문학예술인협의회 부이사장 박영애

시인의 말

아름다운 사람들이 소박한 꿈을 꾸며 살아가는
이 아름다운 세상에서 향기로운 꽃이 돼보고
자유롭게 훨훨 날아다니는 한 마리 새도 돼본다.
살면서 누구나 한번쯤은 아파하리라.
누군가 걸어간 길을 걷기도 하고 길이 없는 그곳에
발자국 남겨 길을 만들고 고뇌와 번민으로 일그러진
마음을 다잡아 다시금 기쁨과 희망으로 두 손을 모은다.
어둠과 밝음이 함께 공존하듯 삶도 그러하리라.
그대여, 당신의 가슴은 얼마나 따스합니까?
힘차게 뛰고 있는 그대의 심장에 꽃을 피워라.
지치고 힘든 이 당신에게로 들어와 편히 쉬도록...
아~~~
삶이란 이렇게 시리도록 뜨겁고 아름답단 말인가.
맑은 눈으로 세상 바라보는 순수한 아이와 같은 마음으로
독자분들의 가슴에 꽃이 되어 은은한 향기로 남는
그런 행복한 시인이 되고 싶습니다.
하여, 오늘도 나는 행복한 상상을 하며 한 송이
꽃같은 시를 모아모아 조심스레 제3 시집을
세상 밖으로 내보냅니다.
가슴 따뜻한 주인 만나 행복해하는 희망의 씨앗이
되었으면 좋겠습니다.
그런 간절한 바람으로 저의 분신을 부끄럽지만 내놓습니다.
표지 그림 기쁜 마음으로 선물해주신 구선아 님께
감사의 마음 전해봅니다.

시인 박진표

* 목차 *

* 목차 *

마음속을 뛰노는 종이비행기

저 하늘이 좋아
마음으로 날아온 종이비행기

하얀 순결한 마음들
고단하고 지치면 쉬어가라
종이비행기 접어 힘차게 날리자

마음에서 바라보는 세상
올려다본 푸른 하늘이 너무 좋아
저 하늘을 데려와 비행기를 태운다
가슴 뛰는 곳에 비행기를 날린다

우리 꿈꾸며 살아가는
이 아름다운 세상에서 우리 행복하자
흘린 눈물 이슬 되어 빛나는 별이 되리라
마음은 푸른 꿈들이 살아가는 은하수 바다
비행기 타고 신나게 마음을 뛰노는 소년 소녀여

높이 올라 힘차게 날아라
가시밭 그 길을 헤쳐
바람 타고 마음을 신나게 날자
자유로운 영혼으로 노래하여라
슬픈 사랑이 아픈 희망을 안고 두 손을 모은다

딸에게

사랑하는 딸
아빠 새끼
어느새 자라
이제는 어엿한 숙녀
너를 키우며
울고 웃고 행복했지
아빠 딸
그거 아니?
네가 잘나고 못나서가 아닌
이 아빠 딸이기에
넌 이 아빠에게
가장 소중한 보물이란 걸
이담에
언젠가는 이 아빠의 마음
너도 헤아릴 수 있겠지
넌 아빠 딸이니까…
저 하늘의 별처럼
아빠 네 가슴에서
언제까지나 별빛이 되어 있어 줄게
부디 따뜻한 사람으로 살아주렴. 아가야
부디 행복한 사람으로 감사하며 행복하렴. 내 새끼야

영등포의 밤

어둠이 내리면
잠들었던 도시의 불빛
하나둘
잠에서 깨어 기지개를 켠다

많은 사람들 분주히 다니는
도시의 불빛 속에
모락모락 작은 희망들 피어오르고

고단한 몸과 마음 달래려
민초의 희망 술이 되고
하루가 잔 되어
목젖을 타고 내린다

불야성을 이룬 영등포의 불빛이
별 비 되어 떨어진다

삶은 이토록 처절하게 아름다운 것일까

취해가는 영등포의 밤이
왠지 가슴 한켠을 시리게 한다
나만의 생각일까
아님 나도 취해서일까

희망의 날개

하루하루 순간순간
다가오는 삶 속에서
값없이 누리는
조건 없이 선물 받은
오늘이 한없이 고맙다

받음에 익숙한 우리
이제는 주는 법도 배우자
감사하는 마음 가져보자

이 세상
당연한 건 없는 것
좀 더 느끼며 살자
좀 더 감사하며 살자

희망이 있고
그 희망에 날개 달아
오늘도 훨훨 날아보자

누가 뭐라 해도
오늘이 고맙고 감사하다

성탄절

기다려집니다
루돌프 타고 오시는
산타 할아버지...

오늘 밤은 머리맡에
이쁜 양말 걸어놓고

딸랑딸랑 방울 소리 울리며
집집마다 선물 주시는
할아버지 기다리렵니다

어른이 되어서도
나는 산타 할아버지 믿으며
할아버지 기다립니다

아니
그러고 싶습니다

아이와 같은 마음으로
양말 걸어 놓고
산타 할아버지
기다리고 싶습니다

마음의 동심은
잠시 지친 우리 토닥여 줍니다

오늘은 좋은 날
성탄전야입니다

모두들
메리 크리스마스~~~

꿈꾸는 행복

행복이 넘쳐나
구름 타고 두둥실
별나라 구경하며
꿈이라도 따올까

나는
늘 행복을 꿈꾼다
간절히 아주 간절히

푸른 새싹들의
합창을 들으며
내 뛰는 심장
고마운 울림이
어찌 이다지도
슬프게 이쁠까

나는 오늘도
또 하나의
감사를 더하기 한다

하늘의 은혜 입어
그 사랑
다 갚지 못하면
행복 받을 자격이 없겠지

낮은 곳에 겸손히 피는
그런 사람 돼야지

밤하늘에 별도 없는데
눈부시게 푸르기만 하다

천사와 악마의 적과의 동침

내 속에는
천사와 악마가 함께 삽니다

늘 쌍둥이처럼 붙어 다니죠
악마가 밉지만
천사가 다칠까 눈치를 봅니다

어차피 함께해야 하는데
좋은 방법 없을까요?

옛날엔 악마도 천사였다는데
욕심이 악마로 만들었다네요

아하~~
그럼 욕심을 버리면
악마도 천사처럼
우리들에게 꿈과 희망 전해주는
따스한 미소의 천사가 되겠네요?

마음을 바꾸니
갑자기 가슴이 뜨거워집니다

적과의 동침이 아닌
이제 서로 그리워하는
사랑하는 사이가 되었네요

우리 사는 세상
그리되었음 좋겠습니다

정말 그랬음 좋겠습니다

그대여 아는가

그대여
자유롭길 원하는가
버리고 비워라
그리고 품어라

살다 보면
괴롭고 힘든 날
지치고 아픈 날 있겠지만
아파할 수 있음도 축복인 것

살아있기에
고통 또한 존재하는 것

해도 별도 달도
뜨거움과 차가움 안고 살듯
우리도 희, 노, 애, 락 품고 사는 것

너무 욕심내어 채우려 하지 말자

내일을 위한 오늘이 준비됐듯
오늘 마음껏 행복하자
오늘 마음껏 사랑하자

그대여 아는가
뒤돌아보면 다 그리움 된다는 것을

고맙다 하늘아

하늘이 흐리고
마음이 답답하여
창문을 활짝 열어 본다

가려진 저 먹구름 뒤에
나를 위해 미소 짓는
따스한 햇살이
온전히 나에게 올 수 있도록

매일 마주하는 하루지만
이 하루가 가슴 시리게 고맙다

온전한 몸으로
이렇게 하루를 온전히 받는 호사를 누리는
나는 참 행복한 사람

더이상 무엇이 필요한가
내가 정직한 땀으로
삶의 보물 찾으며 얻으면 되는 것을

햇살 한 줌
시원한 바람
맑은 공기
이것으로 족하다

더 욕심부린다면
내 속의 행복 떠날 것 같아
창문을 닫는다

하늘아 고맙다
오늘도
부족한 날 한없이 품어줘서

난 이슬이 좋다

비록
내가 부족하여도
줄 수 있는
그 무언가가 있다면
참 좋겠다

풀잎에 맺힌
저 아침 이슬
참 맑고 고와라

순간을 살다 가는
수정 같은 저 눈부심이
어찌 저리도 착해 보일까

내 눈물도
저리 맑고 청명하면
얼마나 좋을까

이 겨울
비가 올 거면
차라리
눈이 내렸음 좋겠다

아픈 거
스며들지 않게
털어낼 수 있도록

누구 하나 눈길 주고
돌보는 이 없어도
저렇게 이쁘게 살다가는 걸

꽃처럼
아름답지 않아도
향기 나지 않아도

아이처럼 맑고 투명한
난
이슬이 좋다

잠시 왔다 가기에
더 서럽도록 그립다
눈물이 난다

나는 무엇을 줄 수 있을까
부끄러워 이슬 뒤에 숨는다

밤톨이

가을의 넉넉함
고이 품어서
가시 속 수줍은
뽀얀 얼굴 삼형제

제사상 삼정승아
여름 햇살 고이 품어
이리도 토실토실
총명하게 자랐구나

생률이 되어도
군밤이 되어도
너의 고소함
불 맛의 내음이
가을의 넉넉함
가을의 풍성함

올겨울
군고구마와 쌍둥이 되어
우리들 깊은 시름
마음껏 달래 주려므나
허기진 영혼 배부르게 하려므나

밤은 밤인데
땅에서 피어난
우리들 입맛 돋우는
가을에서 오신 손님

따뜻한 사람

너무 힘들 땐
쉬어갈 수 있다면
쉬어가자

모든 건
나로부터 시작돼
나로 끝나는 것

그런 소중한 나
내가 나를 사랑함은
그래서 아름답다

꽃에 물을 주듯
우리들 마음에도
꿈과 희망 주자

아프고 힘들수록
희망은 더 강해야 한다

자랑하지 말자
뽐내지 말자
그냥
말없이 묵묵히
자기 일 하며
자기 길 가자

가장 인간적인
사람 냄새 나는
그런 사람
따뜻한 사람이 되자

탈피

내 속의
뼈와 살이
뜨거운 피가 아파한다

허물을 벗기 위함인가

긴 기다림이
때로는 숨이 막힌다

거듭나기 위한
이 인고의 시간이
가끔 고통으로 다가온다

잊기 위한 고통은 고통이 아니리라
부딪히고 극복하며 더 강해지자
연약한 껍질 힘을 얻어 단단해질 때까지

그냥 나 이고 싶습니다

밤사이 눈이 내렸습니다
새악시 수줍음처럼
살며시 내려앉은 새색시
내 추운 마음 따뜻하게 덮어주려
살며시 찾아왔나 봅니다
시련은 피하는 게 아니라
지혜롭게 이겨내는 것
그런 슬기로움 가지고 싶습니다
가끔은 가슴 속에서
보물찾기 합니다
찾아도 찾아도 끝없이 나오는
무수한 물음들이 너무나 많습니다
이 겨울 나무는 무슨 생각 할까요?
낙엽 이불 덮고 씨앗과 새싹 품고
오손도손 해님, 별님, 달님
그리운 추억들 회상하며 희망 키울까요?
가끔은 겨울바람 쉬어가고
그 바람 하늘 이야기 바다 소식 전해 주겠지요
나는 그냥 나 이고 싶습니다
그러고 싶습니다
오늘 밤도 내 마음속 무수한 별들을 헤아립니다

담금질

고통조차도
나에겐 달콤한 사치

소금물
설탕물처럼 달콤해질 때까지
참고 견뎌야 하리라
끝까지 버텨야 한다

앙상한 겨울 나무
땅속에서 찬란한 봄 준비하듯
보여지는 것이 전부가 아님을

생명은
가장 낮은 곳에서도
숨 쉬고 노래한다

고통 또한
나 혼자만의 고통 아니기에
울지 않는다

해에 달이 가리우고
달에 해가 가리워져
낮과 밤의 다리를 건너 다니는
공평한 하루를
오늘도 산다

아파하지 말자
슬퍼하지 말자
더 큰 행복 위해
오늘을 담금질 하자

저 높고 푸른 하늘처럼
저 넓고 깊은 바다처럼

마음의 별

우리는 늘
마음의 별을
가슴에 지니고 삽니다

모두가 가지고 있으나
아무나 볼 수 없는
신비한 별

흐린 날 별이 보이지 않듯
우리 마음 우울하고 아프면
별님도 아파서
마음에 뜨지 않습니다

밝은 마음
깨끗한 마음
필요한 이유입니다

깨끗한 마음으로
그렇게 바라보면
별님은 방긋이 미소 짓지요

아이처럼 살 수만 있다면
그리 살고 싶습니다

맑고 투명한 눈으로
아름다운 세상
아름답게 보며 살게

마음의 별을
보고 사는 사람은
참 행복한 사람입니다

궁금하다

궁금하다

왜 옳은 것은
힘이 없고 가난한 걸까
그래서 속상하고 마음이 아프다

눈물 나게 아름다운 세상
소박하고 진실되게 살고픈데
사람의 섬에서 상처 입고 아파하고...

진실과 밝음이 행복하게 웃어야 하는데
거짓과 물질과 위선이 힘자랑 하니
더 아파해야 행복할 수 있는가 보다

사람 때문에 상처 받은 것
사람 속에서 치유해야 하니
하나님이 원하시는 것
아직도 덜 깨달아 이렇게 아파하겠지

살면서 얻고자 했던 것 무엇인가
또 얻은 것은 무엇이었나
과연 그곳에서 행복을 보았나
부끄러움이 몰려온다

내 피가 이렇게 붉고 뜨거운데
아직은 희망이 있겠지

그래
나는 붉은 피
뜨거운 심장을 지니고 있구나
다시 시작하는 거야
아쉬움과 미련 있겠지만
뒤돌아 보지 말자

옳은 것이 힘이 없고 가난함이 아니라
내가 욕심 많아 더 큰 것 보지 못했으리라
내가 나약하여 가난한 선비 옷 벗으려 했으니
배부른 돼지 흠모했겠지

힘이 없고 가난해도
배부른 돼지는 되지 않으리라 다짐해 본다
나를 지키고 작은 풀잎으로 행복해 하며
풀 향기 품으며 그렇게 소박하게 살자

행복은 아프게 와서 더 소중하고 아름다운 것이리라

첫 발자국

새해 첫날
하얀 종이 펼쳐 놓습니다

무엇을 써가야 하나
무엇을 그려야 하나

설레는 마음으로
감사하는 마음으로
한 해를 맞이합니다

많은 일들이 다가오고
또 잊혀지겠지만
오늘이 있고
내일이 허락됨이
가슴 시리도록 고맙습니다

처음 내딛는 발자국
첫사랑처럼 설레고 가슴 뛰는
오늘이 바로 그런 날입니다

한 해
아름답게 삶을 쓰고
이쁘게 삶의 수채화 그리며
처음 마음으로
처음 설레임으로
투정 않고 감사하며 살겠습니다

첫 발자국 찍은 오늘
그 발자국 저 달님에 꼭꼭 숨겨
내 삶의 이정표 만듭니다

삶의 무게

내 삶의 무게
저울에 달아보면
얼마나 나갈까

나이가 들면
가벼워 가뿐할 줄 알았는데
삶의 무게 더해만 간다

비우고 내려놓아
무거운 짐 벗고 싶다

욕심은 빼기하고
희망은 더하기 하리라

내가 지고 갈 인생의 무게
외면하거나 피해 간다면
내가 사랑하는 사람들
더 힘들어지겠지

내 삶의 무게 견뎌내고
할 수만 있다면
힘들고 지친 이들
희망은 나눠주고
고통과 괴로움
조금이라도 덜어 줄 수 있다면
내가 짊어지리라

나는 나 자신을 믿으니까

삶의 무게 외면하기엔
우리 사는 세상
슬프도록 아름다우니
아름답게 살다 가리라

참 감사합니다

두 발로 걸을 수 있고
두 눈으로 세상 모든 것 보며
두 손으로 삶의 모든 일 할 수 있고
두 귀로 세상 모든 소리 들을 수 있고
입으로 말하고 표현하며
입으로 세상 모든 음식 맛볼 수 있으며
내 심장으로 내가 살아있음을 느끼며
코로 호흡하고 풀향기 꽃향기 바다내음
사랑하는 사람의 향기까지 맡을 수 있으며
건강한 몸과 마음으로
꿈과 희망을 키우며
따스한 가슴으로 살아갈 수 있음이
참 감사합니다
이 값없이 받은 축복과 선물
눈물이 나도록 서럽도록 고맙고 감사한데
어찌 더 욕심을 내겠습니까
값없이 받은 이 축복과 은혜
살면서 함께 나누고 갚아야 하는데
어리석은 나는 이 모든 축복을 모르고 살았습니다
조금씩 철이 들어 걸음마 합니다
늦지 않았으니 조금씩 이 선물 갚으며 살려 합니다
참 감사합니다
이 은혜 잊지 않으렵니다

마음 목욕

작은 들풀
아기 들꽃
풀꽃의 노래
꽃씨의 숨소리
들을 수 있는
맑은 마음
깨끗한 영혼을
조금만
조금이라도
느끼고 들을 수 있다면
참 좋겠다
내 더러워진 마음
그곳에서 씻게
내 마음 착해지게
내 희망 아프지 않도록

하늘의 마음

눈부신 햇살이 미소 짓는
하늘의 마음을 들여다봅니다

우리가 알지 못하고
보지 못하는
수많은 비밀을 알고 있고 보고 있는
저 높고 푸른 하늘입니다

천둥과 먹구름
해와 달 별님을 품고 사는 하늘님

어김없는 약속으로
낮에는 따스한 햇살과
저녁엔 밝은 달과 별님으로
우리에게 소망을 키워주는 하늘님

가끔은 심술부려 어리석은 우리에게
비와 바람 천둥으로 혼을 내시는
무섭기도 하지만 미워할 수 없는 소중한 님

하늘님 모든 비밀 다 알고 계시는
당신은 누구입니까
얼마만큼 커야 당신의 가슴처럼 넓을 수 있나요

하늘을 올려보며 가끔 그런 생각 합니다
당신을 닮고 싶다고...
끝없이 높고 푸르른 그 마음 닮아가고 싶다고

오늘은 내 마음 들킬까
내 그림자 작은 가슴에 숨겨둡니다

부디 인자한 얼굴로 살펴 주소서

무소유

가지지 않았으나
가난하지 않고

한없이 주었으나
퍼내도 퍼내도 마르지 않는
그 힘과 원천
어디서 오는 걸까

버림에서 시작되는
나 자신과의 고독한 싸움
유혹과 번뇌
가난은 나를 흔들고
바람 앞에 서게 한다

내 영혼 밤마다 밤마다
소리 없이 숨죽여 운다

미련 때문에 자꾸만 뒤돌아보는
그런 내가 때로는 원망스럽다

어찌할까
어이할까

무소유의 번뇌는
오늘도 나를 단련시킨다
이 방황의 여정 잘 이겨내야지

허기 그리고 생각

지갑이 두둑할 땐
배고파도 서럽지 않은데

텅텅 빈 지갑일 땐
배고픔 더 빨리 오고
서러움 더 커지기만 한다

왜일까?

가난은 허기까지도 재촉하고
풍족함은 마음까지도 넉넉하게 만드니
생각은 허기까지 지배한다

두둑하고 풍요로운 마음을 가져보자
따스하고 잔잔한 미소를 만들어 보자

우리는 지금 허기를 느끼는가
아님 풍요롭다 생각하는가

돈이 없어 가난한가
생각이 궁핍하여 가난한가
몸과 마음의 허기가
늘상 우리들을 시험대에 올린다

위로하는 내 마음 위로받는 내 마음

내 마음이 푸르면
하늘도 푸르고
내 마음 슬프면
하늘도 슬퍼 눈물 흘린다

깊이도 넓이도
도무지 알 수 없는
내 속의 마음

그런 마음을
나는 늘 데리고 다닌다

지금 이 순간도
얼마나 많은 생명들이
태어나고 또 사라질까

이름 모를 새들과 꽃처럼
말없이 소리 없는 작은 울림으로
이 땅 적셔주는 그리움 되고 싶다

나에게 다가오는 마음
나에게서 멀어지는 마음
너와 나의 만남은
운명이자 숙명인 것을

생명의 소리에 귀 기울이고
작은 꽃 풀 한 포기
귀히 여기며 그리 살자

이 세상 그 어떤 것도
내가 있음에 존재함을
그런 소중한 나를 사랑하자
그런 애닳은 나를 보듬고 안아주자
오늘도 수고했다고

시험

귀염둥이 햇살이
살며시 미소 짓는
오늘의 하늘은
참 따사롭고 행복해 보입니다

저런 착한 하늘도
때로는 슬퍼하고 아파하고
때로는 화내고 성을 내고

어쩔 땐 인자한 미소와 온화함으로
우리들 마음을 따스하게 합니다

늘 마음속에
거짓과 진실
차가움과 따뜻함
천사와 악마가 공존하니

알고 보면 우리는 두 갈림길에 놓여 있는
선택을 해야 하는 시험을 봅니다
매일매일 시험을 치르는
우리는 인생의 수험생

우리는 오늘 어떤 선택의 시험을 치르고 있나요?

되돌릴 수 없기에 답을 쓰기가 신중해집니다
게으름과 나태와 달콤함이 유혹하는 혼탁한 세상에서
나를 지키고 따뜻하게 살아감은
그래서 큰 용기와 각오가 필요한 듯 합니다

불나비 되어 순간을 즐기던가
아님 자신을 태워 세상을 밝혀주는 빛이 되던가
선택은 우리들의 몫입니다

지금처럼 한결같이

오늘도 순결한 하루를 살았습니다
늘 같은 자리 맴돌며 살지만
그래도 오늘이 허락됨이
내게 있어 감사한 선물입니다

최선을 다했기에 후회 없는 오늘
오늘은 이렇게 저물어 갑니다
언젠간 오늘이 그리울 때 있겠지요

꽃이 아름답다 꺾어 버리는
그런 욕심은 내지 않으렵니다

이제 오늘 하루 다 벗어 놓고
내일을 위하여 구석구석 마음 청소합니다
혹시나 아픈 곳 없나 잘 살펴 치료하고
두 손 모아 감사 기도 드립니다

삶은 이토록 소중하며 아름답습니다

내일 어떤 일들이 내 앞에 펼쳐질지 모르나
나는 늘 지금처럼 한결같이 살겠습니다

한 식구

힘들 때
가장 행복했던 기억 떠올리자

살다 보면 힘들 때 있지만
지나고 나면 그리운 추억들
보고픈 그리움

잠시 아프다 괴로워 말고
눈부시게 푸르른 태양처럼
활활 타오르자

내일은
오늘을 땀 흘리는 사람의 것
괴로움 있기에
행복이 더 값지지 아니한가

산다는 건 다 그런 것
기쁨도 슬픔도
다 같은 한 식구

오늘은 그래서 행복하다
오늘은 행복해서 감사하다

나도 아픈 손가락
그리운 사람

행복 꽃

아파도
슬픈 노래 들려도
웃으며 가자

바람 불어도
바람 맞으며
그렇게 바람이 되자

아픔도
바람도
상처로 오지만

서럽게 피는
달꽃이 되어라
별꽃이 되어라

아픔이 익으면 무엇이 될까
길 잃은 희망
잠시 아파하는 것

아파서 아파서
더 탐스러운
아픔이 익은 행복 꽃

꽃비가 내리는
오늘은 꽃길을 걷는다

행복 꽃
우리들 마음에 피는 꽃
희망이 잉태한 꽃

함께 나눔

인사동 걸으며
달빛과 별빛 아래
모처럼의 막걸리 한 사발
시간을 삼킵니다

주거니 받거니
시간은 시간은
급행열차입니다

함께 한다는 것
마음을 나눌 수 있는 것
그것은 따스함입니다

조금씩 알아가려 합니다
문우의 따뜻한 나눔이
이 밤을 헤아리게 만듭니다

함께 한다는 것
그것은 참 기분 좋은 일입니다

스승

세상의 모든 만물
나를 일깨우고 가르치는 스승

스쳐 가는 바람조차
가슴을 시리게 만들고

내리쬐는 태양, 따스한 햇살이
나를 눈물짓게 만든다

배워도 배워도 끝이 없는
살면서 많이 깨지고 낮아지는
투박한 질그릇으로 남고 싶다

만나는 모든 이
나를 가르치고 철들게 하는 스승
함부로 판단하고 속단하지 말아야지

그냥 흐르며 살자
바람이 전해주는 소리 들으며
작은 가슴 열어 침묵을 맞이하자

오늘은 회초리 한 묶음
방안에 들여놔야지

살아있다는 증거

바람이 분다는 건
지구가 숨 쉬고 있다는 증거
칼바람 삭풍이 불어도
그래서 밉지가 않다

고통과 괴로움도
우리가 살아 있기에
그러기에 느낄 수 있는
축복이지 아니한가

알고 보면 가진 게 많은 우리
그 소중함 모르고
행복의 파랑새 쫓지만

우리에게 빙그레 미소 짓는 파랑새
우리 안에 살고 있었다네

너무 욕심내지 말자
작은 것에 눈물 지으며 행복해 하자
우리의 호흡 끊기면 세상 떠나듯

내가 내 속의 주인 되어
호흡 같은 희망 아프지 않게
작지만 크게 보며 감사하며 살자

모든 건 내 속에 있음을
오늘도 잊지 말자

살아있기에
우리에게 내일이 존재하는 것
이 정도면 행복하지 아니한가

하늘정원 하늘아이

하늘 꽃 정원에는
하늘아이 삽니다

병들면 아플까
벌레도 잡아주고
목마르면 애탈까
구름 불러오는
하늘아이 착한 아이

하늘 꽃 정원의
하늘 꽃들은
그래서 행복합니다

이 행복 달아날까
하늘 꼭대기 끈 매달아
꽃잎에 묶어놓고 잠을 잡니다

아이야
아이야
하늘 아이야
어른이 되지 말아라
변치 말아라

하늘 꽃 시들어 떨어져도
하늘아이 있어 슬프지 않습니다

고운 꽃잎 떨어져
꽃비를 내립니다

그 꽃잎 접어 꽃 배 만들어
하늘아이 꽃 바다 노 저어 다니며
하늘 꽃씨 뿌려 봅니다

하늘이 붉은 이유
하늘아이 부끄러움
하늘이 푸른 것은
하늘아이 맑은 마음

그곳은 맑은 정원
하늘아이 살고 있는
하늘정원입니다

나에게 가는 길

걷는다

이정표 없는 삶의 길
순서는 없지만
누구나 가야 하는 길

일등도 꼴찌도 없는
각자의 정답을 구하러 가는 길

잃은 것, 얻은 것 키재기 없이
모두 다 품고 가져가는 것

나를 기다리는 나에게
당당하고 떳떳하고 싶다
정말 부끄럼 없다고

달도 차면 기울고
태양도 뜨면 지듯이
순리대로 살아야 하리라

힘들지 않았나
삶이 나에게 묻거든
이렇게 말하리

가슴에 별이 있어
어둡지 않았다고

착한 시 따뜻한 시

잘 쓰는 시가 아닌
따뜻하고 착한 시를 쓰고 싶다

큰 사람 좋은 사람보다
따뜻한 사람이 되고 싶다

보고프고 그리운 그런 사람
시를 읽으며 마음 맑아지고
때로는 눈물도 흐르게 만드는
어리고 착한 시를 쓰고 싶다

상처는 아물어도 흔적은 남는 것
그 흔적까지도 사랑하고
보듬고 안아줄 수 있다면 얼마나 좋을까

아~~~
내 가슴에 줄을 매달아 연주한다면
그 선율 속에 별과 달님도
내 마음에 들어와
지친 내게 자장가라도 불러주면 좋겠네

그 노래 들으며 착한 시인 되어
따뜻하고 아이 같은 그런 시어 속에서
깨끗하게 목욕했음 참 좋겠네

이런 호사 누리는 나는 참 행복한 사람

빨래

희망에 묻어있는
나태와 게으름
오늘은 빨래를 해야겠습니다

찌들어 오래 묵은 찌든 때
마음먹고 지워야겠습니다

눈부시게 고운 햇살이
오늘은 얄밉습니다

부끄러운 이 마음 들켜
얼굴이 빠알갛게 붉은 홍시가 됩니다

옷은 입고 나면 빨래하는데
마음은 보이지 않아
게으름을 피웁니다

어리석은 나에게
희망이 눈치를 줍니다
나태와 게으름 지워달라고

자주 쓰는 반성문이지만
오늘도 반성문 써놓고
빨래를 해야겠습니다

풀 먹인 홑이불 정겨운 냄새나듯
내 마음도 그런 개운한 향기 머금게
열심히 빨겠습니다

내가 제일 사랑하는 희망이
밝고 환하게 내 가슴속 채워주게
마음껏 희망 펼칠 수 있게 말입니다

아바타

얼마나 아파야
내 피고름 멎을 수 있을까

인내와 고통
즐기며 살기엔
가끔 한계를 느낀다

얼마나 더 아파야
내 아바타 거둘 수 있을까

나와 또 다른
내 속의 그림자
오늘도 말없이 침묵한다

바람도 구름도
쉴 곳 찾아 떠나는데
이 밤 나의 아바타
내 시선 피해
어둠 속에서 숨죽여 운다

눈치챌까 나는
애써 외면하며 발길을 돌린다

내가 네 생각한 것처럼
너도 내 생각했겠지
너와 난 한몸이니

겨울바람 차갑게 부는데
밤하늘 저 별은
오늘따라 유난히 밝다
깊은 밤 별 보는데 눈이 부셔
저 별 따와 가슴에 품어본다

마음이 따뜻해진다
그래 맞아 내 심장은 뛰고 있어

하늘 밥

이 추운 겨울에도
하늘 밥 공장은
쉬지를 않는다

사랑하는 우리들
희망 잃지 말라고
용기 잃지 말라고

하늘에서 언제나
희망과 용기의 밥
솔솔 뿌려 주신다

뿌려 주시는 하늘 밥
아무리 먹어도 탈 나지 않으니
오묘하고 신기한 일

세상 구석구석
공평하게 낮은 곳까지
하늘 밥 내려 주신다

추운 겨울날
하늘 밥 받아먹으며
희망을 꿈꾼다

흰 눈처럼 내 가슴에 내리는
하늘 밥이 포근하다

오늘은 양껏 하늘 밥 먹어야지
배불러 배꼽 나올 때까지

알고 있을까

수많은 사람 만나
인연의 끈 이어도

마음 따뜻하게
시린 가슴 나눌
그리운 벗은 먼 곳에 있다

혹시나 하는 기대가
물거품이 돼버린 하루

아직도 나는
어른이 되지 못하고
그리움만 키워간다

학창 시절 투쟁을
지금도 하는 걸까
아님
나를 찾지 못해 떠도는 것일까

저 밤하늘은
내 마음 알고 있을까

겨울바람은
휘파람 불며 집으로 가는데
나는 어두운 거리를 서성이고 있다

시간의 가치

누구에게나 공평하게 주어지는 시간
무심코 지나치는 알곡 같은 시간들

호흡처럼 다가오기에 그 가치 알지 못하지
영원할 것 같은 그 순간들
떠나고 나면 그립고 보고프지

같은 하늘 아래 같은 시간들 보내며
누구는 행복하고 누구는 아파하고
선택은 우리들의 몫

가치 있는 시간을 보내자
가치 있는 삶을 살자
되돌릴 수 없기에 후회 없이 쓰자

나의 가치 내가 만들듯
같은 시간 그 가치는 다 다른 것
행복한 내일을 위하여
조금 힘들어도 오늘 눈물 젖은 빵을 먹자

훗날 그 가치는 행복한 미소로 찾아오리라

야생화

야생화 너를 보면
마음 시리고 눈물이 난다

돌봐주는 이 하나 없는데
어쩌면 이리도 밝고 환하게
꽃피고 열매 맺는지...

그 꽃잎과 풀잎을 보면
복에 겨운 내가 부끄러워진다

맨몸으로 태어나
이렇게 호사를 누리며 살고 있는데
조금 힘들고 지친다
투정 부리고 힘들어하니

오늘도 부끄러움에 반성하며
종아리를 걷는다

야생화야
야생화야
곱고 착한 야생화야

그 꽃잎 그 풀잎 피우기 위해
얼마나 힘들고 외로웠니?

아침이슬 친구되어
너의 눈물 닦아주고
이름 모를 산새들이
너의 친구 돼주어
외로움 조금은 잊었겠구나

네가 정말 꽃 중의 꽃이로구나
네가 정말 아픈 노래였구나

너는 나의 스승
너는 내 영혼의 생명수

모진 세월 모진 시간 견뎌낸
이쁘고 고운 서러운 꽃아

가슴에 심는 꽃, 마음 꽃

가끔 상상을 합니다
내가 만약 마음에 꽃을 심는다면
무슨 꽃을 심을까 말입니다

마음에 심는 꽃은
마음 착하지 않으면
맑은 공기 착한 꽃씨 오지 않겠지?

그래
마음 밭부터 잘 기름지게
이쁘게 만들어 놔야지

그 마음밭에 착한 꽃씨 뿌려
희망도 키우고 새와 나비
벌들도 초대해 잔치를 벌여야지

가슴에 심는 마음밭의 마음 꽃

마음 꽃 마음껏 키우며
해처럼 달처럼 별처럼
아무런 근심과 걱정 없이
마음 꽃 키우며 순리대로 살리라

작은 일에 감사하고
하루라는 선물 정직하게 땀 흘리는
그런 맑은 꽃, 착한 꽃 키우리라

서산으로 지는 저기 저 저녁놀
말없이 따뜻한 미소를 나에게 보낸다

미래의 주인

오늘도 참 열심히 살았습니다
금수저 부자일 순 있어도
나는 지금의 흙수저인 나를 사랑합니다
아직은 금수저 아니지만
금수저 되고픈 마음 허락되지 않음은
지금 작은 행복 지키며 살고 싶기 때문입니다
흙수저 결코 금수저 못 된다 하지만
금수저 또한 근심과 괴로움 안고 사니
차라리 가난하지만 소박한 꿈 키우며
정직하게 땀 흘리는 지금의 흙수저가
더 시리도록 아름답다 생각합니다
가난은 자랑도 아니지만
부끄러움도 아니라 합니다
물질의 금수저 아닌 나는 마음의 금수저니
이 하늘 이 땅이 다 나의 벗이고 스승입니다
졸부의 금수저 아닌 꿈을 키우며
내일을 개척하는 야망과 열정의
마음 따뜻한 금수저 되려 합니다
우리 모두가 그런 금수저 되었음 좋겠습니다

꿈은 꿈꾸고 정직하게 땀 흘리는
도전하는 사람들의 것입니다
미래의 주인은 바로 그 사람입니다
우리가 바로 그 사람이 되면 됩니다
금수저 흙수저 다 부질없는 것
나는 오늘도 당당히 휘파람 불며
저 높고 푸른 하늘
밤하늘의 별과 달 가슴으로 한가득 품고 잡니다

물음

내가 나에게 물어본다
열심히 살고 있냐고
최고보단 최선을 다하냐고
후회 없이 살고 있냐고
뒤돌아 보아 부끄럼 없냐고
자신을 정말 아끼고 사랑하냐고
간절한 꿈과 희망이 있냐고
정직하게 땀 흘리며 살고 있냐고
이 모든 것에 떳떳하고
이 모든 것에 당당할 수 있다면
누가 뭐라 해도 당신은 행복한 사람이라고

하얀 상상

첫눈처럼 하얀 마음으로
그렇게 살고 싶습니다

첫눈처럼 순결한 마음으로
세상 하얗게 살고 싶습니다

하이얀 솜이불도 되어보고
눈의 나라 아기 요정 되어서
세상에 하얀 마음
순결한 마음 뿌려
세상 모든 것들에
축복을 나눠주고 싶습니다

하얀 눈 내린 오늘
이런 상상을 합니다
참 기분 좋은 상상입니다

깊어가는 이 밤
오늘은 하얀 꿈 꿀 것 같습니다
아기별아 잘 자 안녕

희망 떡

눈이 내린다
저 높은 하늘에서
어려운 사람들 춥지 말라고
따뜻한 솜이불 덮어주시고
하얀 백설기 희망 떡 내려주신다
고슬고슬 마음에서 사르르 녹는다
자연의 크나큰 축복과 은혜가
오늘도 내 마음을 정화시킨다
희망 떡 내리는 지금은 바람까지 조용하다
구석구석 내리시어 아파하는 이 없도록
병들고 아픈 사람 상처받지 않도록
힘들고 지친 이들 희망 잃지 않도록
희망 떡 내리시는 지금은 희망 가슴 가득 받는 날

여정

마음에 가시 박혀
이렇게 아파해도
서럽도록 모질고 질긴
우리들 삶의 여정
참 소중하고 이쁘다

사랑하고 사랑받고
꿈 꾸고 꿈 이루고
뜨겁게 뜨겁게
자기 삶 일궈가며

소박하고 행복한
삶의 농부 되어
꿈과 희망 잘 농사지어
감사하고 기뻐하며
원망과 불평 없이
그리 살자
그렇게 살아야 하리라
삶의 여정 지치지 않게

성장통

누군가 그랬지
말없이 침묵하며 사는 게
더 슬픈 거라고

감당할 수 없는 일
오롯이 견뎌낼 때
맑은 눈 가진 순결이 나온다

좀 더 나다운 내가 되기 위한
열병과 가슴앓이
칼바람 앞에서도 의연할 수 있는
그런 내가 되어야지

국밥

춥고 배고픈 이
따스함으로 허기 달래주는 너
서로 자신을 뽐내지 않고
사이좋게 합창하는 따스함이
아름다운 투박한 하모니 만들었네

너를 먹으며 주린 속 채우고
힘을 얻어 다시 일어나는 희망이
너에게 넙죽 절을 한다
힘을 줘서 고맙다고

뚝배기에 담긴 따스한 온기
너와의 만남은 한 끼가 아닌
서민들의 애환, 쉬어가는 사랑방
오늘도 그래서 힘을 얻는다
다시 일어나는 꿈을 키운다

나의 시

화려하지 않습니다
짙은 화장은 할 줄 모릅니다

누구나
편하게 공감하고
함께 웃고 울며 나눌 수 있는

그런 사람 냄새 스며 있는
소박한 시를 쓰고 싶습니다

늘 함께하는 친구 같은 이웃 같은
그런 시를 쓰고 싶습니다

하늘, 바람, 구름, 별, 해님, 따스함...
숨 쉬듯 호흡하는 평범한 일상들이

삶의 노트에
시가 되어 마음껏 날갯짓 하며 날아다니는
투박하고 소박함이 나는 좋습니다

불평 없고 변명 없이
하루가 시가 되는

나의 시는 그렇게 태어납니다
나의 시는 그렇게 노래합니다

불순물

빼내고 싶다
마음의 독소를

영혼의 순수함 떨어트리는
내 마음의 불순물

높아지기 위함도 아니요
뽐내기 위함은 더더욱 아니다

그저
순수한 맑은 나이고 싶다

엄마의 자궁에서 갓 나온
벌거숭이 그 모습

세상 밖 내가 나왔음 알리는
우렁찬 울음소리처럼

이방인 아닌
푸르른 초록의 내가 되자

청계천

모처럼 청계천을 거닐었습니다
답답한 도시의 허파가
시원하게 흐르는 물처럼
심호흡하며 크게 숨을 들이마시는
햇살에 비치는 청계천은
수줍은 새색시 고운 미소

채 녹지 않은 살얼음
청둥오리 한 쌍이
자유롭게 데이트하며
망중한 즐기는
청계천은 여유로운 미소로
잔잔히 흐릅니다

메기, 붕어, 잉어, 피라미…
녀석들 추워서
자기집 방구들 짊어지고
봄이 오길 기다리는
청계천의 한가한 오후가
마음에 편안한 겨울 편지 쓰게 합니다

복계천 되어 답답했던 헐떡이던 숨
이제는 가슴 활짝 펴고 크게 숨 쉬거라

답답한 도시생활 지친 이들의
쉬어가고 시름 잊는 사랑방 되어주렴

높고 푸른 하늘 마음껏 마시고
아프지 말고 건강하게
언제까지나 변함없이
우리 곁에 있어 주렴

청계천은 그렇게 말없이 흐르며
우리들에게 잔잔한 미소로
희망노래 들려줍니다

오늘은 선물입니다

하늘과 땅 사이에
존재하는 모든 것

생명의 호흡이 있고
뜨거운 온기가 흘러
오늘도 지구의 역사는 쓰여진다

하루가 모여
오늘이 되고 내일이 되는
오늘은 미래의 종잣돈

매일매일 껍질을 벗고 탈피를 하여
더 단단해지고 성숙되는 우리들

가벼이 생각하는 오늘이 되지 말자
오늘이 있어야 내일이 존재하는 것
미래의 뿌리는 오늘

슬퍼하는 현실이 아닌
이겨내고 극복하는
당당한 오늘과 내일

오늘은 선물입니다

나의 믿음

삶은 살아지는 것이 아닌
내가 내 의지로 사는 것

나에게 내가 나를 책임지고
나에게 부끄럽지 않는 것

대자연이 햇살을 필요로 하듯
우리에겐
희망과 감사하는 마음이 필요하다

늘 숨 쉬며 호흡하듯
늘 희망과 감사하는 마음 가지고 살자

꽃잎 떨어지면 열매가 맺히니
시련은 고통이 아닌
좀 더 나다운 내가 되는 것

바람도 때로는 천둥으로 고함지르고
창문을 흔들고 부르르 떨며 슬피 울 듯
우리만 슬프고 괴로운 것 아니니
불공평한 삶이란 없는 것

나는 그렇게 믿는다
아니 그렇게 믿고 싶다

마음의 서랍

한칸 한칸 조심스레
내 마음의 서랍 열어 봅니다

봄이 오기 전 이 겨울에
마음의 서랍 깨끗이 정리해
따스한 햇살 편히 오시게
꿈과 희망 가지런히 놓습니다

서랍 깊숙이 묵은 나태와 게으름
시기와 질투 원망과 후회는
과감하게 정리하여
도전 의식과 열정을 새로 담습니다

가지런히 정리된 내 마음의 서랍 속에
꿈과 희망, 도전과 열정이
보란 듯 환하게 미소 짓습니다

새해엔 내 마음
비춰지는 햇살 속에
뽀송뽀송 말려서
힘차게 출발하려 합니다

한칸 한칸 서랍 속 꿈과 희망으로 다시 채우며
후회보단 감사와 함께 나눔이 있는
따스하고 당당한 내가 되겠습니다

겨울이 좋은 건 침묵을 배우기 때문입니다

내 마음 서랍 맨 밑 칸에
든든한 침묵 고이 담아두려 합니다
가끔 힘들 때 침묵을 배우며

더 단단해지는 내가 되기 위하여
마음의 서랍 조심스레 닫습니다

고향길

고향을 달려가는 귀성길
마음은 벌써 고향에 가 있습니다

가족 친지들과 따스한 정 나누는
고향은 어머니 품처럼 따스합니다

못다 한 이야기 한 보따리 내놓고
밤을 지새며 시간은 잠도 안 잡니다

무엇이 우리들을 고향으로 보내는가요
명절 때마다 우리들은 저 푸른 바다에서
태어난 강물로 회귀하는 연어가 됩니다

내 부모 내 형제가 함께 살았던 곳
그리움이 있고 추억이 살아있는
고향의 흙내음이 손짓하는
그래서 고향길은 늘 가도 설레입니다

고향은 내려갈 땐 설레지만
집으로 올라갈 땐 향수에 젖어
며칠을 앓는 가슴앓이 입니다

아~~~~~~~
고향은
고향은
늘 그리운 나의 부모님입니다

포용

작은 그릇에
커다란 그릇 담을 수 있을까
커다란 그릇에
작은 그릇 담을 수 있을까

나는 큰 그릇일까
아님 작은 그릇일까

답을 알면서
큰 그릇과 작은 그릇 사이에서
늘상 방황을 한다

포용한다는 것
품어 준다는 것
머리로는 알면서
가슴이 허락하지 않는다

세상엔
공짜를 너무 좋아하는 이기적인
병든 영혼들이 품어달라 아우성인데
나의 이성이 그들을 토해내려 한다

그래도 품어줘야 하는데...
차라리 밤하늘 별 헤아리는 게 더 쉽겠다

해맞이 달맞이 별맞이

얼어붙은 내 가슴
봄 눈 녹아내리듯
잔잔한 아기 물 되면

바람은 나에게
사랑의 노래 속삭여 준다

아파하지 말라고
고운 햇살이 안아주고
시원한 바람이 친구 되어
아픈 상처 씻어주네

차가운 계절
이 침묵의 겨울이 잠에서 깨면
저 멀리 봄은 노래하며 오겠지

바람아 구름아
내 가슴에 들어와
자장가 불러 주렴

하늘아 바다야 서로 품어라
바다야 하늘아 서로 그리워해라

아픔도 미움도
상처도 시련도
그렇게 그렇게 흘려 보내자
해맞이 달맞이 별맞이 하며

이 작은 가슴으로
세상 모두를 품을 수 있기를
배부른 욕심 가져봐야지

책

흰 바탕에 검은 글씨
시대를 넘나들고
마음을 표현하고
울분을 토해내고
격려하고 위로하고
희망과 꿈을 키워주는 너

너에게 빠져들어
나는 삶을 여행한다

울고, 웃고
메마른 영혼에 단비 내리듯

어느 시인의 시 속에서
어느 작가의 글 속에서
나는 울고 웃는다

아~~~~~~~
신이 우리에게 주신
가장 큰 축복 중에 하나이리라

책 속에서 나는
내 영혼에 메스를 대고
터져버린 심장을 꿰매며
병든 영혼에 날 선 칼 들이댄다

사람이 사람으로 사람답게 사는 것
쉬우면서도 어찌 보면
가장 어려운 숙제

내가 나를 잊을 때
침묵의 너를 꺼내어 본다

사람은 육신의 음식으로만 살 수 없는
배고픈 영혼

그런 내가 되자

늘 생각나는 사람

외롭고 지칠 때
보고파 찾고 싶은 사람

떨어져 있어도
마음으로 교감하며
서로에게 힘과 위안이 되는 사람

풀 한 포기 꽃 한 송이에
감동하며 눈물지을 수 있는 사람

지치고 힘든 이들 길잡이 되며
꿈과 희망 가슴에 심어주는 사람

마지막 순간까지
원망이나 불평 투정하지 않는 사람

순리대로 살며

다가오는 모든 것 회피 않고

감사로 받아들이며 정직하게 땀 흘리는 사람

행운 아닌 행복을 심고 가꾸며 꿈꾸는 사람

그리워 하는 내가 되자

보고파 하는 내가 되자

그런 내가 되자

생명

무심코 밟고 지나간
작은 풀잎 들풀도
같은 생명 소중한 것임을
마음으로 느끼며 살자

생명은 모두가 다 귀하고 소중한 것

풀 한 포기 꽃 한 송이도
그들만의 노래와 향기가 있다

풀잎에 맺힌 이슬조차도
삶을 노래하고 찬미하며
순간을 살면서도 투정하지 않는데

우리는 값없이 누리는
수많은 것들에 감사하며 살았는가

살아 숨쉬고 있다는
그 이유 하나만으로도
모두가 귀하고 존귀한 것을
잊지 말아야 하리라

생명이 있음은 내일이 있음이요
내일이 있기에 오늘 감사해야 한다

살아있는 모든 생명에 축복 있으라

그렇게 하자

많이 아파하자
가슴의 푸른 멍
희망으로 녹아들 때까지

많이 그리워 하자
더러워진 마음
깨끗이 씻음 받아
평화의 마음 가슴에 자리 잡게

더 많이 더 깊이 사랑하자
희망과 평화의 마음
따스한 가슴에서
웃으며 무럭무럭 자라게...

그렇게 하자
그렇게 하자

정화

흔들리는 나를
바람 앞의 연약한 촛불이
지켜주고 있다
얼마나 고마운 일인가
서럽도록 가슴 시린 착한 일인가
눈물이 흐른다
가슴이 따뜻해진다

시와 바람

시가 바람처럼 여행을 한다
정해진 정거장과 종착역 없는
시는 바람처럼 자유로운 영혼

여행하다 힘들면
저기 저 뭉게구름
살며시 불러 게으른 낮잠 청한다

시는
지친 영혼 시름 달래는 청량제

하나의 점 선으로 이어져
유한에서 무한으로 흘러가고
바람처럼 시는 마음을 씻어준다

아프고 지친 이 찾아
희망 찾아 주려고
시는 오늘도 여행을 한다

침묵의 겨울나무야

나무야
겨울나무야

너는 침묵의 바위
사색하는 소크라테스

추운 바람 그곳에
한결같이 말없이 서서
무슨 생각 하느냐

꽃피는 봄
싱그런 여름
풍성한 가을
기억 속의 사진첩 꺼내놓고
추억의 여행하며 휘파람 부느냐

추운 겨울 품에 안고
차가운 바람
따뜻한 미소로 녹여주는
인자한 침묵아

너를 보며 삶을 배운다
너를 보며 기다리는 인내를 배운다

침묵 속 작은 울림의 따스한 노래를 듣는다

바람의 회초리

바람이 달려와
찰싹 찰싹
내 나태의 얼굴에 따귀를 때린다
세월과 함께 늙어버린 희망이 운다
바람아
바람아
고마운 바람아
너의 회초리 잊지 않고
내 속의 나태 쫓아 보내마
희망이 회춘하여 환하게 웃게

가끔은 회초리 서럽도록 고맙다

상처의 독백

무너져 내린 가슴에
아픈 상처가 아물면

메마른 눈물 촉촉이 내려
내 가슴 적셔 주겠지

상처는 용서의 눈물로
씻어야 지워지는 것

잠시 왔다가 떠나는
짧은 삶의 여정에서
그만 아파하자
그만 용서하자

표현할 수 없는 모든 것
어찌 말로 다 할 수 있으랴

흐르는 강물에
흐르는 세월 속에
그렇게 흘려보내야지

희망은
고난과 절망 속에서도 크고 자란다
그렇게 아픈 상처 잊고
희망을 키우며 저 멀리 오시는 봄
맞을 준비 해야지

삭풍이 칼바람 불어도 두렵지 않다
내 너를 이 가슴으로 안아주리라

주목

살아서 천년
죽어서 천년의 고독아

뚜벅 뚜벅
혼자서 걸어온 길

세월의 이끼 온전히 입고
너는 어느 골짜기 깊은 산속의
산신령 되었구나

세상 속 사람들의
가난한 삶들을
외면하지 말고
부디 어여삐 여겨
네 천년의 기운 나누어 주렴

알고 보면 우리 모두 지나가는 나그네

서러울 것도 없고
아파할 것도 없는
순간과 찰나에 머무는
아침 이슬과 안개 같은 것

버리고 비워라 아파하지 말자

너처럼 말없는 침묵으로
도도하게 천년을 사는
너를 닮고 싶다
너를 배우고 싶다

가장 내 아픈 곳 내어놓고
너에게 치료를 받는다
천년의 고독아

줄다리기

올 듯
말 듯
떠날 듯
안 떠날 듯
봄과 겨울이 줄다리기 한다

내일이 입춘인데
서로 힘겨루기 하는 봄과 겨울
그래도 같은 식구
그래도 같은 형제

봄, 여름, 가을, 겨울
4형제 모여 일 년이 되고
우리는 그 속에서 꿈과 희망 키워간다

서로 사랑하고 서로 양보하고
서로 보듬고 서로 격려하며
계절아 화목하라
지고 이김 없이 뽐내지 말아라

공평하게 비춰지는 저 태양 아래
오손도손 사이좋게 행복하게 그리 살자
서로 아껴주며 따스하게 그리 살자

마음의 손

위로의 말 아무리 들어도
격려의 말 아무리 해줘도
공허한 메아리로 다가올 때

그 누군가 손 내밀어도
어쩔 수 없는 타인

내 손 잡아 줄 수 있는 건
바로 내 마음의 손

더 철저히 외로워지자
더 철저히 고독해지자
더 아파할 수 있을 때까지

더 이상 아픔 찾지 않으면
다시 시작하자 처음부터...

흔적은 남지만
세월 속에 상처는 아무는 것

나에게 따스한
마음의 손 내밀어
안아주고 토닥이는

나는 소중한 사람
나도 그 누군가의 그리운 사람

아들아 딸아 희망 배불리 먹어라

아들아 딸아
희망 배불리 먹어라

체하지 않게 꼭꼭 씹어
많이 많이 먹거라

혹시 희망 먹다가
시련이란 가시 나오거든
뱉지 말고 더 꼭꼭 씹어 삼켜라

너희에게
시련의 가시 약이 될 테니
희망과 함께 감사로 먹거라

어둠이 깊으면
새벽이 빨리 오듯
우리들 삶 또한
밝음과 어두움 함께 살아감을
명심하고 가슴으로 느껴라

힘들고 괴로울 때 더 감사하고
기쁘고 행복할 때
이웃과 함께 나누어라

낮아지고 낮아져
온화한 겸손을 배우고
작은 일 어여삐 여기는
따스함을 지녀라

사랑하는 아들아 딸아
우리 사는 세상 아름답게 보거라

진흙 속 연꽃 더 아름답듯
시련과 고통은 우리가 넘어가는 고갯길
두려워 말고 따스한 희망으로 품고 녹여라

이담에 더 성숙한 어른이 되면
배불리 먹은 희망 행복한 꽃으로 피어날 테니

아들아 딸아
희망 배불리 먹어라
행복을 꽃피워라

비가 나를 따라와 웁니다

요즘 내리는 비는 많이 아픈가 봅니다
예전엔 토라지기도 했지만 재롱도 많이 부렸는데
아픈가 추적추적 내리기만 합니다

심통나 꾀병 부리는 줄 알았는데
장난이 아닌가 봅니다
왠지 마음이 안쓰럽고
나까지 힘이 빠집니다

이슬비 색시비 고운비 여우비까지 내려줬는데
요즘은 통 하늘에서 내려오지 않습니다
마음이 아픕니다

거북등처럼 쩍쩍 갈라진 저수지와 댐들이 울고 있네요
산과 들이 시름시름 앓는 소리 하네요

비가 나를 따라와 웁니다
내 마음속에서 소리 없이 웁니다
더 이상 아픔 주지 말라고
더 이상 상처 주지 말라고

인간들의 욕심이 밉다고 숨어서 웁니다

비야
비야
착한 비야
욕심 많은 우리들 용서하거라

오늘은 꿈속에서 구름 타고 오시는 착한 비를
마중 나가 맞이하려 합니다

자연은 있는 그대로가 가장 아름답습니다

그대 물어보시면

그대 나에게 누구냐 물어보시면
바람이라 말하겠습니다

자유로운 바람처럼
훨훨 날갯짓하며
세상 구석구석 날고 싶습니다

그대 나에게 누구냐 물어보시면
밤하늘 별이라 말하겠습니다

밤하늘 반짝이는 별 되어
힘들고 지친 이들 가슴속 별 되어
희망 지펴주는 친구 되고픕니다

그대 나에게 누구냐 물어보시면
풀잎에 맺혀 있는
아침 이슬이라 말하겠습니다

순간을 살다가는 저 이슬도
서럽도록 아름다운 생명임을
나는 보았기 때문입니다

세상 그 무엇도 소중하지 않은 것이 없는

그대여
그대여
나는
바람
밤하늘의 별
아침이슬입니다

따뜻한 마음 그 성스런 의식

달빛에 앉아 별을 헤아린다
오늘도 희망을 살찌우며
사람답게 사는 법 되뇌어보고
따뜻한 마음 화장을 지운다

침묵과 인내의 화장은
이제 편히 쉴 시간
잔잔한 미소 덮어 자장가 들려준다

가장 나다운 내가 되는 하루의 저녁은
가장 성스런 알몸의 따뜻한 마음

허물을 벗듯
하루하루 순간순간 진화하는 온기
그 따뜻함으로 사람답게 살고픈 나

본능이 아닌 온전한 나의 이성으로
나다운 나 내 안의 주인으로
침묵의 나를 지키며 살아야지

낮은 풀잎이어도 좋다
구차하지 않은 따뜻한 마음이고 싶다

단 하나밖에 없는 소중한 나의 존재
성스런 의식으로 하루를 감사하며
내일도 당당하게 바람 앞에 서리라

영원한 숙제

질주하는 본능을 억누를 수 있는
냉철한 이성으로 살자

배부른 육신이 아닌
따스한 영혼으로
높고 푸른 하늘 바라볼 수 있는
마음의 창 닦으며 살자

배부른 육신보다
가난한 마음으로
배고픈 영혼 달래며
가장 인간답게 살 수 있는
온기 있는 따뜻한 사람이 되자

가장 인간적인 것
아무것도 치장하지 않은
순수한 내가 되는 것
어찌 보면 우리에게 주어진
영원한 숙제

하늘은
바람은
구름은
자기를 영원하다 말하지 않는다

누군가 그랬지

누군가 그랬지
우리들 삶은 외롭고 고독한 것이라고

그 삶의 여정에서
수많은 일들이 다가오고 사라지고
또다시 다가오고...

반복되는 일상의 번뇌가
나를 우리들을 철들게 만든다

인내라는 용광로에서
나만의 고통과 우리들의 아픈 시련들이 녹아
빠알간 불덩이 되어 우리들 심장을 뛰게 한다
이 얼마나 성스럽고 경이로운 일인가

녹아지고 담금질 되어 희망이란 이름으로 태어날 때
고독의 눈물 행복을 잉태한 파랑새 되어
우리들의 심장에 희망을 문신한다

결코 그 어떤 칼바람 불어도 잊지 말라고...

종이연

추억의 동산에 올라 연을 띄운다
학이 되어 날아가는 꿈
넓은 하늘은 그 연을 품는다

하얀 순결의 옷
순백의 옷 입고
종이연 학처럼 춤을 춘다

꿈은 가슴에 품고 사는 것
타오르는 가슴 안고
거침없이 하루를 난다

희망이 나를 품고 안아주었듯
나는 무엇을 품고 안아주었나

욕심 때문에 미련을 키우고
뒤돌아보는 어리석음 앞에
점점 작아져 가는 나

가벼워지는 비움
채워지는 욕심
둘 사이에서 갈등하지는 않았는지
낮은 마음으로 마음을 닦는다

날아보자 훨훨
종이연 비상하듯
욕심과 미련 버리고
가볍게 날아 보자
저 하늘 저 끝까지

사랑의 힘

겨울과 여름이 사랑을 합니다
서로 함께 만날 수 없기에
그리움은 더 커져만 갑니다

잘못된 만남이지만
겨울의 가슴속에 여름이
여름의 가슴속엔 온통 겨울 뿐입니다

추운 겨울은 무더운 여름을 걱정하고
무더운 여름은 추운 겨울을 걱정합니다

서로의 그리움 변하여
겨울은 삼한사온 자리 내어주고
여름은 그래서 장마비 내려주나 봅니다
잠시라도 사랑할 수 있게 말입니다

사랑의 힘은 위대하고 따뜻합니다
거짓과 가식이 아닌
그리움과 진실만이 가슴 가득 채움 했기에
사랑은 모든 허물을 덮어주고 용서 합니다

이 사랑의 힘으로 우리 사는 세상
사랑 채움 가득하길 소망해 봅니다

겨울과 여름처럼
이루어질 수 없는 사랑일지라도
그런 사랑 하시는 당신은
참 아프지만 용기 있는 사람입니다

희생 없는 용기는 없기 때문입니다

마음을 찍는 사진사

마음을 찍습니다
행복을 찍습니다

마음속 괴로움과
아픔 긁어내어
이겨내고 극복하는
도전과 용기 채워
예쁜 마음만 찍어 드립니다

빛으로 그림을 그려 사진을 찍듯
긍정과 희망으로 아픔과 시련 치유하는
마음을 찍어 드립니다

살다 보면 지치고 힘든 일 있겠지만
치유하는 묘약 우리 속에 있으니
행복을 위한 시련은 우리들의 예방주사

삶은 극복하고 이겨내며 희망으로 채우는 것

마음을 모아 뜻을 모아 시련 이겨내고 극복한
자랑스런 우리들 서로서로 격려하는
그런 아름다운 마음들 기쁘게 찍습니다

나눠주는 희망은 주어도 주어도
퍼내도 퍼내도 마르지 않으니
아끼지 말고 기쁘게 나누라고
마음을 찍는 사진사
오늘도 씩씩하게 마음을 찍습니다

준비 되셨나요?
자~~
찍습니다

명상

눈을 감고
마음을 열어
조용히
침묵의 나
참선에 든다

마음의 평화
꽃처럼 피어
마음의 가시들 빠져나가고

비로소
나로부터 자유로운 나
참다운 나를 찾는다

눈을 감으면
우주는 내 마음으로 들어오고
그 우주 속에 나를 띄운다

비우자

채우려 하지 말고
내 모습 그대로
순수한 내가 되자

내가
나를 바라보는
가장 자유로운 시간
비로소 내가 된다

마음의 밭

추억의 나이테
하나둘 더해가며
해님
별님
달님
바람 소리까지도
글이 되고 시가 되는
소소하고 작은 우리들의 이야기
꽃씨가 되고 그리움이 되고
아름다운 추억으로 피어나는
그런 마음의 밭이고 싶습니다

마음에도
꽃이 피고 꽃이 지고
기쁜 만남과
아름다운 이야기가 있는
우리들의 마음에는
꽃씨와 그리움
날아다니며 뛰놀 수 있는
마음의 밭이 함께 삽니다

성스런 축복

호흡하고 있다는
그 이유 하나만으로도
가능성은 늘 열려 있는 것

힘들면 쉬어가고
지치면 서로 다독이며
함께 손잡고 웃으며 살자

영원할 수 없기에
우리들의 삶
더 아름답고 소중하지 아니한가

육신은 불멸할 수 없는 것
남겨진 사랑은
마음과 마음으로 이어져 영원하니

따스한 사랑
아름답게 농사지어
그 속에 꿈 심고 희망 심자

얼마나 아름다운 일인가
얼마나 성스런 축복인가

마음속을 뛰노는
종이비행기

박진표 제3시집

2022년 1월 18일 초판 1쇄
2022년 1월 21일 발행
지 은 이 : 박진표
펴 낸 이 : 김락호
디자인 편집 : 이은희
기 획 : 시사랑음악사랑
연 락 처 : 1899-1341
홈페이지 주소 : www.poemmusic.net
E-Mail : poemarts@hanmail.net

정가 : 10,000원
ISBN : 979-11-6284-342-0